是春天到了嗎？

木之繪本：發現春天

文・圖｜張哲銘　美術設計｜張簡至真

步步出版

執行長兼總編輯｜馮季眉　責任編輯｜徐子茹　編輯｜陳奕安

讀書共和國出版集團

社長｜郭重興　發行人暨出版總監｜曾大福

印務協理｜江域平　印務主任｜李孟儒

出版｜遠足文化事業股份有限公司／步步出版　發行｜遠足文化事業股份有限公司

地址｜231新北市新店區民權路108-2號9樓　電話｜02-2218-1417　傳真｜02-8667-1065

Email｜service@bookrep.com.tw　客服專線｜0800-221-029

法律顧問｜華洋國際專利商標事務所・蘇文生律師　印刷｜中原造像股份有限公司

初版｜2021年4月　初版二刷｜2021年11月　定價｜320元

書號｜1BTI1033　ISBN｜978-957-9380-87-4

張哲銘 木之繪本

發現春天

空氣中傳來陣陣春天的氣息。

嗯，這就是春天的味道嗎？
粉粉又甜甜的，好美。

好美的身影，
原來你就是春天。

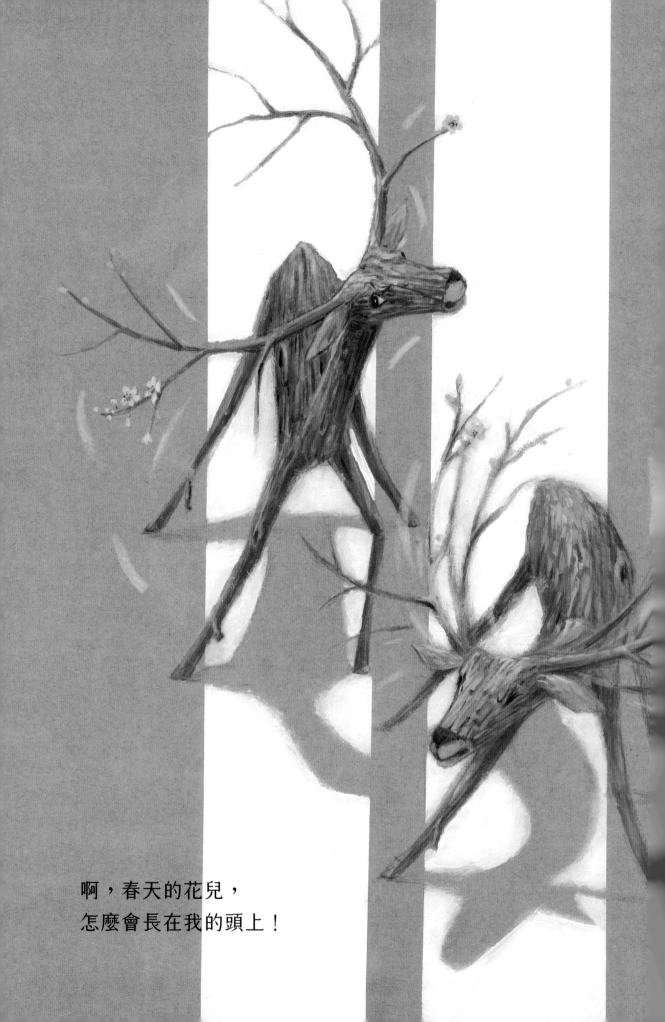

啊，春天的花兒，
怎麼會長在我的頭上！

哇！越來越多的春天……！

我可是一個大男孩，
怎麼可以戴著花呢？

喔！喔！
這下子我變成戴花的男孩了。

啊，怎麼你的春天，
比我多得多？

別擔心，
這是你出生後的第一個春天。
你看，樹林裡到處都是盛開的春天呢。

哇，原來大家都戴著花呢。

從現在開始，

每年這個時候，
我都會跟著春天、戴著花……。

你發現春天了嗎？

當我頭上戴滿花的時候。